L'IMPOT SUR LES CLOCHES

L'IMPOT

SUR

LES CLOCHES

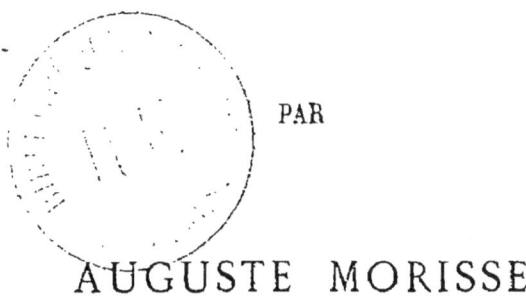

PAR

AUGUSTE MORISSE

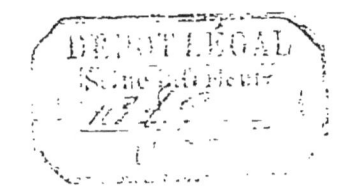

YVETOT

G. MICHEL, Imprimeur-Editeur.

—

1873.

L'IMPOT SUR LES CLOCHES

—◇◇◇—

PRÉAMBULE

———

Les cloches !

Si je m'inspire bien de mon sujet, ces quelques pages auront du retentissement.

Qui habent aures audiendi audiant.

Ce que je traduis — pour être agréable à certains représentants de Versailles qui, ignorant la signification du mot français *bagage,* pourraient fort bien, ma foi, ne pas savoir plus exactement ce que veulent dire ces cinq mots latins — par :

Ceux qui ont des oreilles pour entendre sont priés de les déployer.

Quoique le mot oreilles y soit — long comme ça, — ce latin, qui dans ces mots brave parfois l'honnêteté, n'a pas l'intention d'être impertinent, Messieurs...; comme vous voyez.

Mais traitons sérieusement une question sérieuse.

La Commission des Trente ayant mis le préambule à la mode, je tenais absolument à offrir un préambule quelconque à mes lecteurs, moi tout seul.—Il faut, autant que possible, se montrer de son temps.

Peut-être trouverez-vous mon préambule tout aussi opportun que celui de ces Messieurs; dans ce cas, je vous serais extrêmement reconnaissant si vous aviez l'impartialité de reconnaître qu'il paraît plus court.

Je désirerais qu'il restât quelque chose à son avantage.

CHAPITRE Iᵉʳ

Deux mots sur la situation politique et financière de la France. — De l'impôt; sa définition, sa diversité; les qualités d'un bon impôt. — Simple nomenclature de quelques impôts, souvenirs de Napoléon III. — Un impôt restant à créer.

Malheureusement, il est aujourd'hui un point sur lequel les Français de tous les antipodes politiques se trouvent forcés de tomber d'accord : l'aveu de notre infortune ; la nécessité de porter remède à nos désastres.

Cinq milliards à payer !

Deux provinces à ne pas perdre de vue !

Il est de connaissance élémentaire que pour s'acquitter d'une dette, il faut être en mesure d'y faire honneur. Mais on ne possède pas toujours l'argent indispensable à la réalisation de ce beau rêve.

Il faut, alors, à tout prix, se le procurer ;

Et l'on doit adopter de préférence les moyens honnêtes.

Cet axiome va me faire traiter de Béotien par les Universités germaniques, mais tout le monde sait par expérience que l'esprit allemand a le vol très-prompt.

Pour se mettre, comme l'on dit vulgairement, en fonds, les particuliers empruntent, les Etats empruntent et imposent.

Je me propose, pour le moment, de vous parler de l'impôt, cette cotisation que nous déboursons aux gouvernements, tantôt en rémunération de services rendus, tantôt en amortissement de sévices reçus.

Ce dernier cas est le plus fréquent.

Les causes qui produisent l'impôt varient d'ailleurs à l'infini ; et pour jeter quelque poésie sur ce sujet désagréable, permettez-moi de vous citer ces quelques vers de Legouvé.

L'impôt ressemble fort au chiendent ! Dans un pot,
En plein champ, au soleil, au froid, à la rafale,
Il prospère partout, grandit partout ; s'étale
En toute climature !.... Un ennemi survient ?
L'impôt monte !.... De nous la peste se souvient ?
L'impôt monte !.... L'on part un jour pour la croisade ?
Impôt ! on en revient ? impôt !... Le temps malade
Fait tout sécher ? impôts !.... Fait tout moisir ? impôts !...
Guerre, inondation, grand trouble, grand repos ?...
Impôts ! impôts ! impôts ! Et le beau dans l'espèce.
C'est qu'une fois monté jamais l'impôt ne baisse.

Et l'on dit que la poésie ne vit que de fiction ! l'impôt, est-ce une fiction cela ?

J'attends la réponse des contribuables.

Quelles doivent être les qualités, — pardon du mot, — d'un impôt ?

Tout impôt, si le simple bon sens a quelque valeur administrative, devrait, selon moi, réunir au moins les quatre conditions suivantes :

Frapper le superflu de préférence au nécessaire.

Etre proportionnel.

Offrir un rendement supérieur aux frais de sa perception.

Enfin, être trouvé, sinon agréable, — il ne faut pas demander l'impossible, — du moins relativement assez juste par les contribuables.

Ces conditions, je crois les avoir rencontrées dans un impôt qu'il reste à établir; car, quelqu'invraisemblable, — en réfléchissant à nos malheurs, — que la chose apparaisse au premier abord, en fait d'impôt nous n'avons pas encore tout épuisé.

Nous en possédons cependant, il faut bien le dire, une fort belle collection; et s'il venait au ministre des finances l'idée d'en envoyer la nomenclature à l'Exposition de Vienne, section d'Economie Politique, nul doute que nous ne remportions le grand prix. C'est assez complet dans le genre.

Je me bornerai, aujourd'hui, à énumérer les impôts que nous a valus la scélératesse de l'empereur et la prescience des plébiscitaires; impôts que ne manquent pas de reprocher à la République, — oubliant volontairement ou non que la République a toujours été le syndic des gouvernements qu'elle remplace, — bonapartistes et légitimistes se passant mutuellement sous le nez les violettes de Chislehurst et les lys de Frohsdorf.

S'il reste encore en France des partisans sincères de l'empire, gens de bonne foi , je crois que cette liste leur fera ouvrir les yeux, les guérira de leur maladie et sera à sa manière une huile de ricin infaillible qui les débarrassera de tout ce qu'ils peuvent encore conserver intérieurement de malsain et de pestilentiel à ce sujet. Pouah !....

Dans le but de rappeler sans cesse aux contribuables le caractère et la cause de ces impôts, l'Assemblée sur la proposition de M. Jozon, a décidé en 1872 que les cotes et les quittances délivrées par les agents du fisc porteraient cette mention : *Frais de la guerre avec la Prusse déclarée par l'Empereur Napoléon III.*

Alfred de Musset disait :

> Il en est de l'amour comme des litanies
> De la Vierge; jamais on ne les a finies.

O, chantre de Rolla, qu'aurais-tu dit de la liste suivante ?

Alcool, lois du 1er septembre 1871; 26 mars		1872
Allumettes chimiques . .	4 septembre	1871
Assurances.	28 août	—
Baux et locations verbales	23 —	—
Bière	1er septembre	—
Billards	16 —	—
Cacao	8 juillet	—
Café	8 —	—
Cartes à jouer . . .	1er septembre	—
Cercles	16 —	—
Chemins de fer . .	16 —	—
Chèques	28 août	—
Chevaux	23 juillet	1872
Chicorée	8 —	1871
Chocolat	8 —	—
Cidres et poirés . .	1er septembre	—
Circulaires, prospectus .	24 août	—
Contrôle ou garantie (droit de)	30 mars	1872
Créances hypothécaires .	28 juin	
Echantillons . . .	24 août	1871
Effets de commerce . .	28 —	—
Enregistrement . .	26 mai 1871, 25 fév.	1872
Epices	8 juillet	1871
Factures	28 août	—
Fonds de commerce . .	28 février	1872

Huile.	8 juillet	1871
Lettres	24 août	—
Lettres de voiture . .	28 février	1872
Licences	1er septembre	1871
Mainmorte	30 mars	1872
Ouverture de crédit . .	26 mai	1871
Papier	4 septembre	—
Passe-ports	26 mai	—
Patentes.	29 mars, 16 juillet 1872	

Permis de chassse, le droit fut porté de 25 à 40 fr. par la loi du 28 août 1871 ; mais le 18 décembre 1872 l'Assemblée a ramené le permis à 25 fr.

Poudre de chasse . .	28 août	1871
Quittances et reçus . .	—	—
Récépissés de chemins de fer	— et 30 mars 1872	
Statistique, (droit de) .	28 janvier	1872
Successions	6 mai	1871
Sucre	8 juillet 1871, 22 juillet 1872	
Tabac . . .	4 septembre 1871, 29 février 1872	
Télégraphie	29 mars	—
Thé	8 juillet	1871
Timbre	28 août	—
Transports par mer (connaissements) 28 août		—

Valeurs mobilières 16 septembre 1871, 30 mars 25 mai, 29 juin 1872.

Ventes	26 mai	1871
Vins	1er septembre	—
Voitures . . .	16 —	—

Ouf ! je m'arrête.

Ah ! pauvre lecteur ; est-ce assez fatigant à lire ? qu'en pensez-vous ? Eh ! bien l'on m'assure de tous côtés que c'est encore plus fatigant à payer.

Dans cette liste, vous en avez pour tous les goûts ; mais il en est des impôts comme de certains cartons de loteries foraines ; les meilleurs sont au fond du sac et ils n'en sortent guères que les derniers.

Voilà pourquoi je demande l'impôt des cloches.

Sortira-t-il ?

CHAPITRE II

———

Où l'on constate que les imposés ne seront pas satis-
faits de ma proposition. — De la charité exotique.
— La cloche commerciale. — L'impôt à créer ne peut
frapper que le superflu. — Comment cet impôt serait
plutôt avantageux que préjudiciable à ceux qu'il a
l'air d'atteindre.

Ah! j'entends déjà les bedeaux, les gens de mauvaise foi et les imbéciles, — ces croyants de Panurge, — me jeter le *Raça* biblique.

Je vois déjà Veuillot, Veuillot que la génération de demain appellera le restaurateur de la langue poissarde, tout comme on eut jadis l'habitude d'appeler François Ier le restaurateur des lettres — serait-ce parce qu'il fit rôtir quelques littérateurs ? — je vois déjà Veuillot, disais-je, s'en faire tant de bile qu'il s'oublie jusqu'au point d'invectiver MM. de Cumont et Barascul, ses deux plus intimes amis, qui ne lui disent pourtant rien, en ces termes aussi inattendus que peu flatteurs :

— Et vous autres ne pourriez-vous pas avoir encore un peu plus d'esprit ? Ce qu'entendant M. Barascul s'enfuit en invoquant Nonotte suivi de M. Cumont se recommandant à Patouillet.

Cette impertinence venant d'un homme aussi distingué que l'est M. Veuillot — nul n'ignore que la nature prodigue lui départit dès le berceau tous ses dons : l'élégance de Brummel, le goût de d'Orsay, la séduction de de Lauzun, l'esprit entreprenant de Richelieu, le style de Dangeau — cette impertinence ne peut être attribuée qu'à un accès passager de delirium. Nul doute qu'à l'heure où j'écris sa distinction native ne soit revenue.

Eh bien !..... malgré toutes ces manifestations mon pouls n'en bat guères plus fort.

Les bedeaux ? Leur ire me réjouit l'âme et les fait monter en grade dans mon estime. Les vrais artistes sont toujours jaloux de leurs instruments.

Les gens de mauvaise foi...? Je les dédaigne.

Les imbéciles ? Je les plains.

Quant à Veuillot, toute charité chrétienne — dont il est, en littérature, l'engageant prospectus — en valant une autre... je le bénis.

Mon impôt sur les cloches remplit, — j'espère en peu de mots vous le pouvoir prouver, — la première des quatre conditions énoncées dans le chapitre précédent.

Ce n'est pas la cloche comme instrument de culte que je veux frapper. Ce que je prétends soumettre à la taxe, c'est l'usage des cloches dans ce qu'il peut offrir de superflu.

Ce n'est pas la chose sainte, c'est la chose vaine que je désire voir tarifiée.

En économie politique, quand vous établissez un impôt sur une matière quelconque, c'est le consommateur qui est atteint et non pas, évidemment, celui qui ne fait pas consommation de l'objet taxé.

M. de La Palisse le professait déjà de son temps.

Nous avons l'impôt des allumettes, l'impôt du... consultez à ce sujet le catalogue des Droits-Réunis, si la liste du chapitre précédent ne vous a pas suffisamment édifié, mais ces différents impôts ne frappent, en définitive, que les acheteurs de ces marchandises.

Pourquoi, dès-lors, ne pas atteindre les acheteurs de son ?

Mais m'objectera-t-on peut-être, si vous établissez un impôt sur les cloches, vous allez faire peser sur les fabriques de lourdes charges, et ces fabriques ont déjà bien du mal à subvenir aux frais du culte.

Je pourrais faire à cette objection, en me plaçant uniquement au point de vue matériel, des réponses plus que concluantes.

Je pourrais faire observer, par exemple, qu'un diocèse qui, en présence des Alsaciens sans pain, des Lorrains sans abri, trouve moyen d'envoyer au Saint-Père — pour ses menus-plaisirs assurément, car des personnes dignes de foi nous ont, à plusieurs reprises, affirmé qu'il ne lui manque pas le couvert, et que, plus heureux que le Fils-de-l'Homme, il possède un toît, assez confortable pour abriter sa tête, ce dont, chrétiennement et humainement nous sommes enchanté — — nous pourrions répondre, disions-nous, qu'un diocèse qui envoie à Rome, en une seule année un denier de quatre cent mille francs, somme publiée dans la *Semaine Religieuse* de Rouen, est assez riche pour payer ses cloches.

Et ce ne serait pas la logique qui manquerait à cette réponse qui n'est qu'une simple constatation.

Mais nous ne voulons nous placer ici qu'au point de vue de l'économie politique.

Chacun, d'ailleurs, est le juge suprême de ses libéralités, et la liberté de l'aumône, comme toutes les libertés, a droit au respect de tous.

Je pourrais, au surplus, faire remarquer au lecteur que ces générosités californiennes ne sont pas au fond, aussi spontanées qu'une belle âme se complairait tout d'abord à le croire.

Beaucoup de prêtres vénérables et vénérés, enseignement vivant de Saint Jean ; *Aimez-vous les uns les autres*, préféreraient utiliser dans leur village les charités de leurs paroissiens, et seraient volontiers de l'avis de cette dame, dévote et spirituelle, répondant à un abbé quelque peu fanatique qui collectionnait des timbres-poste pour l'affranchissement des infidèles :

— Je trouve au moins biscornu qu'on s'occupe si fort des petits Chinois quand nous avons tant de petits Français, tout aussi dignes d'intérêt... bien moins loin de nous.

Mais, M. de Bonnechose, colonel-archevêque de Rouen, n'entend pas que l'on discute ses mandements, ou mieux, ses commandements.

— Mon clergé est un régiment. Il faut qu'il marche et il marche.

Ces paroles ont été prononcées textuellement au Sénat par ce fougueux chef de l'Eglise militante.

— ... tention... versez...... frrrrrancs !

Le régiment, *id est* le clergé, verse comme un seul homme, et attend, en se taisant sans murmurer, le commandement d'un autre exercice.

Cela explique un peu les 400,000 francs.

Mais reprenons notre discussion.

Je répondrai donc ceci à l'objection formulée plus haut :

Je n'entends imposer les cloches que comme chose commerciale, — j'exempte par conséquent de l'impôt les

cloches des communautés et des institutions comme
n'étant pas chose de rapport, — et les fabriques,
tranquillisez-vous, ne souffriront pas plus de cette taxe,
que les marchands d'allumettes et de papier timbré ne
souffrent des droits n'atteignant que l'acheteur.

Voici un exemple qui sera, je pense, à la portée de
tous :

Il existe un droit récent sur les billards ; croiriez-
vous, par l'effet d'une ingénuité qui ferait le plus
grand éloge de la candeur de votre esprit, que ce
droit atteint moindrement les limonadiers? Il n'en est
rien ; le limonadier augmente les frais et... joue qui
veut du billard.

Les cloches ne sont obligatoires qu'au même titre
que le billard.

Allez-vous, me répliquera-t-on, comparer les cloches
d'église à un instrument de commerce?

J'en aurais quelqu'envie ; et la doctrine de Port-
Royal m'y autorise.

Que voyez-vous, s'il vous plaît, dans le commerce,
l'industrie, les arts libéraux même, sinon l'échange
d'une denrée, d'une matière ou d'un service contre de
l'argent?

Vous voulez être sonné, carillonné, accompagné de
cet assourdissement de cloches qui

Pour honorer les morts font mourir les vivants,

eh bien, vous paierez le bruit — le plus souvent tout
nouveau — que vous aurez fait dans le monde.

Voyons, résignez-vous à être franc : la cloche est
si bien un instrument de commerce qu'il faut que le
marteau soit graissé pour battre.

« Point d'argent, point de suisse, » disait-on au XVIIe siècle. — C'est ainsi que parle Petit-Jean au quinzième vers des *Plaideurs.*

« Point d'argent, point de son, pourrait-on dire en prose aux temps où nous sommes.

La pauvreté ! Nous l'enterrons sans bruit.

Nous l'enterrons..., On ne peut refuser la sépulture à personne.

Sans bruit... Parce qu'elle ne peut pas payer.

Voilà la photographie, sans retouches, de nos mœurs contemporaines. Peut-être la trouverez-vous un peu brutale, mais le modèle en est la cause. Il me serait aussi impossible de modifier l'épreuve que de vous représenter un cul-de-jatte manœuvrant un vélocipède, sous peine de sortir de la vérité.

L'égalité n'est pas de ce monde, je le sais. La constitution physique, l'organisation de l'intelligence, l'activité individuelle, les titres de rente et les préjugés établissent fatalement dans la vie des hommes des lignes de démarcation infranchissables.

Et cette humaine inégalité ne cesse que là où commence l'égalité éternelle.
Cette péréquation, c'est la mort.

Je crois avoir prouvé d'une façon assez claire que mon projet d'impôt remplit amplement la première des conditions ci-dessus formulées.

Cet impôt ne peut atteindre que le superflu.

Il ne lèse aucun intérêt commercial, car les fabriques se rattraperont, avec usure, sur les clients.

A bien plus juste titre que de la bouteille de Robert-Houdin, on peut dire de la vanité humaine : elle est inépuisable.

Plus une sonnerie coûtera cher, plus elle sera courue.

La mort à bon marché sera toujours mal portée ; et il ne serait pas impossible de rencontrer parmi nous des gens assez infatués de leur guenille pour croire que Dieu ne peut leur réserver qu'une pourriture de première classe.

Imposons donc hardiment et ferme ce vain orgueil, cette superbe qui est une insulte au limon commun dont nous sommes pétris, cette stérile vanité dont une des manifestations les plus fréquentes est ce vacarme étourdissant de sonneries qui durent le plus souvent des deux et trois jours.

CHAPITRE III

——

Seconde qualité d'un impôt; signification du mot :
proportionnel. — De la répartition du taux de l'impôt;
le matériel et la clientèle, c'est à dire le nombre des
cloches et le chiffre de la population, servant de
base à cette répartition.

———

Maintenant, voyons quelle doit être la deuxième qualité d'un impôt :

Tout impôt doit être proportionnel, disions-nous.

Entendons-nous bien, dès le début, sur ce mot : proportionnel.

La plupart du temps, en politique, en littérature, je ne parle ni de la théologie ni du droit, sciences auxquelles s'applique tout spécialement la maxime de Cicéron : *quot capita tot census*, les discussions ne sont guères au fond que des malentendus d'expression, des querelles des mots.

Voici à la bonne franquette et sous bénéfice d'inventaire, ma définition de la proportion.

La proportion est la relation mathématique qui existe entre deux objets.

Ainsi 1 est à 2 comme 2 est à 4; 1 est à 3 comme 3 est à 9.

Mes lecteurs sont asssez intelligents — mon urbanité et mon antipathie pour l'arithmétique se complaisent à le croire — pour que cette courte définitition flanquée de son exemple suffise à les éclairer.

Tous les Français sont égaux devant la loi,— c'est connu.

Le Code] l'affirme ; et le Code c'est l'Evangile du parfait citoyen.

Malheureusement, tous les Français ne sont pas égaux devant l'impôt.

Cette inégalité n'est pas le fait de tel ou tel gouvernement, République ou Monarchie. A toute époque, chaque parti a eu ses honnêtes gens, et à toute époque on s'est en vain escrimé pour arriver à faire une répartition pondérée de l'impôt.

L'impôt ne pèse pas toujours d'un poids égal sur les diverses classes de contribuables, et l'on pourrait trouver certaine taxe acquittée au même taux par l'ouvrier et le propriétaire.

Cet impôt est égal pour tous deux, puisque la taxe est la même mais tous deux ne sont pas égaux devant lui.

L'idéal d'un impôt, ce serait....

D'abord, ce serait de ne pas exister.

L'idéal d'un impôt ce serait d'atteindre le contribuable dans la proportion de ses ressources.

Et si je traitais un jour ce point délicat, voici comment j'établirais la formule de l'impôt :

Le déboursé doit être proportionnel à l'emboursé.

Ce dernier mot n'est peut-être pas légitimement français, mais il me paraît rendre assez fidèlement ma pensée, et je le laisse tomber de ma plume.

Dans mon impôt sur les cloches, le contribuable c'est la fabrique.

Toutes les fabriques ne présentant pas les mêmes ressources, il faudra voir dans quelles proportions approximatives l'impôt leur doit être appliqué.

Il serait, effectivement, de suprême injustice de taxer la cloche de village au taux d'un bourdon de cathédrale, de frapper une fabrique de bourgade des mêmes charges qu'une fabrique métropolitaine.

Il faut, en un mot, faire ici un impôt proportionnel.

Il est de toute évidence pour chacun que plus un industriel quelconque a de clients, plus il présente de présomption de réussite et de gain.

Partant de ce principe, reconnu par tous, nous taxerons donc les fabriques proportionnellement au nombre de paroissiens.

Il n'est pas moins manifeste que plus une industrie a de matériel plus elle laisse supposer de prospérité.

Nous appliquerons donc aux fabriques un tarif proportionnel au nombre de ses cloches.

En adoptant ce système, nous croyons avoir rencontré la deuxième des quatre conditions indispensables à un bon impôt.

CHAPITRE IV

—

Troisième qualité d'un impôt. — Quelques aperçus sur
les cloches de notre département. — De la clochomanie,
ou : la dinde attendant sa broche. — Comment l'impôt
en question donnera toujours un rendement supérieur
aux frais de sa perception.

Un impôt, avons-nous dit, doit offrir un rendement supérieur aux frais de sa perception.

Cette phrase, à première oreille, paraît être un extrait des œuvres choisies de Calino.

Il n'en est rien cependant ; et vous la trouverez à peu près textuelle dans tous les traités d'économie politique.

Si ces ouvrages qui ont pour auteurs les savants les plus autorisés de notre époque : Baudrillard, Say, Rossi, Maurice Block... j'allais oublier Batbie, qui pourtant a bien son poids, — ne voyez pas, je vous prie, dans cette expression un léger jeu de mots, — ont cru devoir appeler l'attention administrative sur cette condition, c'est qu'ils auront certainement remarqué qu'elle était parfois méconnue.

Or, voyons si, dans le cas présent, — dans l'espèce, dit-on, quand on parle en robe, — se rencontre cette naïve qualité.

Et, avant d'examiner si les frais de perception ne dépasseront pas l'emboursé, supputons le rendement d'une manière approximative.

Pour plus de clarté, je vais opérer sur notre département.

Le département de la Seine-Inférieure comprend 759 communes.

Ce qui, si la loi du 23 juillet 1793, n'autorisant qu'une cloche par commune, était encore en vigueur, nous donnerait d'ores et déjà, un total de 759 cloches.

Mais cette loi, relativement récente, est allée rejoindre dans l'oubli les différents statuts diocèsains, les diverses ordonnances que, les évêques d'un côté, les parlements d'un autre, avaient antérieurement promulgués relativement à la réglementation du nombre et de l'usage des cloches.

Saint Charles Borromée, entre autres, avait ainsi limité la quantité de cloches. Une église cathédrale devait en avoir de cinq à sept ; une église collégiale trois ; une église paroissiale deux ou trois.

Au premier abord on pourrait croire que les statuts de Charles Borromée avaient pour but d'exciter les paroisses a accroître le nombre de leurs cloches ; mais quand on se reporte avant lui on est tenté de penser que son intention était plutôt de le restreindre.

Les cloches ne commencent à apparaître nombreuses qu'au ixe siècle.

Un évêque du Mans : Saint Alderic, fit, vers cette époque, fondre douze cloches pour son église...

Au xiiie siécle l'église d'Aumale possédait quatre cloches.

Si vous le permettez, nous laisserons Saint Charles Borromée à Milan, Saint Alderic au Mans pour passer gaillardement de ces temps un peu défraîchis, à l'an de grâce 1873.

Aujourd'hui, en prenant les choses telles qu'elles sont, nous croyons pouvoir, sans exagération, attribuer deux cloches à chaque chef-lieu cantonnal.

On ne saurait, dans cette matière, que nous traitons à vol d'oiseau, nous demander une mention strictement exacte.

Chacun, d'ailleurs, connaît son département, et la rectification comme le contrôle de ce que j'avance sera facile pour tous.

Certains chefs-lieux de canton, je le sais, ne possèdent en réalité qu'une cloche; mais, en compensation, diverses communes sans aucun grade administratif en possèdent jusqu'à trois : Angerville-l'Orcher, par exemple, Paluel, commune d'une population plus minime encore.

Je cite les cloches de mon intimité.

D'autres communes, assurément, se trouvent dans des cas identiques.

Jusqu'à l'année dernière, le village minuscule d'Auzouville-Auberbosc, émerveillait ses habitants — *tintinnibulatos*, disait Sidoine, — du bruit géminé de ses cloches.

Vers le milieu du mois d'avril on aurait pu voir sous la gare des marchandises du Chemin de Fer de l'Ouest à Yvetot, deux cloches de respectable envergure à destination de la commune de Hautot-le-Vattois.

Le clocher paroissial avait déjà bien du mal, paraît-il, à supporter son unique fardeau; mais probablement qu'ici comme ailleurs l'union fait la force. — Je perds deux francs sur chaque article que je vends, disait un industriel légendaire, mais je me rattrape sur la quantité.

S'offrir deux cloches quand on ne peut pas les utiliser me paraît tout aussi opportun que d'acheter, plumer et vider une dinde... quand on n'a pas de tourne-broche.

Ce qui oblige le spectateur désintéressé mais perplexe à se poser ce problème : quel est le plus dinde ?

Ajoutons aux cloches cantonales les cloches de nos différentes grandes villes, et nous aurons un total assez respectable.

Rouen, à lui seul, compte quinze paroisses.

Le Havre sept.

Dieppe trois.

Fécamp deux.

Elbeuf trois.

En n'attribuant à ces différentes villes que deux cloches par église nous atteignons le chiffre de soixante ; et, selon toute probabilité, nous sommes encore d'un bon tiers au-dessous du chiffre réel.

Etant donnés ces éléments, à quelle somme évaluez-vous le rendement, me direz-vous ?

Je laisse aux hommes compétents le soin de fixer le taux proportionnel de ma taxe et, quelqu'en soit le résultat, je puis affirmer qu'il satisfera à la troisième des conditions caractéristiques d'un bon impôt.

Comment le rendement ne serait-il pas supérieur aux frais de sa perception — ces frais de perception étant évidemment nuls ?

La fabrique paye au Trésor, soit au profit de l'Etat, soit au profit du département, une somme annuelle de tant par cloche et par population.

Le contrôle me paraît abordable.

Une cloche est un bibelot assez difficile à dissimuler.

La perception me paraît peu compliquée.

Vous avez toujours votre contribuable sous la main.

Si minime que puisse se trouver le résultat de cette imposition, j'opine à croire que l'on trouvera sans trop de difficulté son écoulement.

N'emploierait-on ces deniers qu'à acheter des bas et des casquettes à ces malheureux mioches qui passent en ce moment sous mes fenêtres pour se rendre à l'école, les jambes bleuies et le front tremblant.

CHAPITRE V

———

Quatrième qualité d'un impôt. — Quelque chose de rare dans mon impôt : sa popularité, son équité, sa moralité — Comment cet impôt vient en aide à la récente loi sur l'ivresse — De l'origine du mot : boire à tire la Rigault — Où l'auteur ne se berce pas du fol espoir de voir son projet mis de sitôt en pratique.

———

Il ne nous reste plus maintenant à examiner que le côté moral de cet impot.

— Le côté psychologique, dirait-on à Heildelberg.

J'ai dit que, autant que faire se peut, tout impôt doit présenter au contribuable, du moins superficiellement, quelques apparences de justice.

Eh bien ! je crois mon projet assez justement populaire.

Il est une popularité que je repousse, c'est celle qui s'adresse aux instincts égoïstes et vils de l'humanité.

Celle-là, je la honnis sous toutes les banmières.

Vous ne devez faire à aucune clique le sacrifice de votre conscience.

Se montrer indépendant vis à vis de ses adversaires, le beau mérite !

Conserver son indépendance entre amis, entre partisans, voilà le fait de l'homme libre.

Si donc mon projet se trouve être populaire, c'est que, le trouvant juste en mon âme, il aura été jugé tel par d'autres honnêtes gens.

Que de fois, comme nous, n'avez-vous pas entendu avec un sentiment d'amertume, cette réflexion dont nous sommes bien obligé de reconnaître et la justice et la justesse :

— Ah ! çà doit être un riche qui est mort ! En fait-on assez de bruit !

Et cette réflexion n'était pas toujours émise par des individus sans aveu, des vauriens, des vagabonds, comme on me le pourrait objecter.

Je connais des hommes dignes de tous les respects, ouvriers laborieux et exempts d'envie, femmes irréprochables, gens d'église même, — de temple, dirait Alexandre Dumas, — à qui échappait forcément ce cri d'égalité méconnue.

Personne donc ne se récriera contre cet impôt, qui aura le rare mérite de n'être que volontaire...

Et que je trouve souverainement moral ;

Ce qui, à mon sens, ne gâte jamais rien.

Je pourrais donner au côté moral de mon impôt des développements qui ouvriraient aux yeux de mes lecteurs des horizons inattendus. Mais je ne fais pas un traité didactique ; et je me bornerai à affirmer que parmi les avantages possédés par mon projet se trouve celui de venir en aide... a la récente loi sur l'ivresse.

Boire comme un sonneur, dit-on, à peu près dans toutes les langues.

Boire à tire la Rigault dit-on, spécialement en Normandie.

Eudes Rigault, archevêque de Rouen, avait fait don à sa cathédrale d'une cloche si lourde qu'il fallait arroser plus qu'amplement les individus qui se préparaient à la sonner ; de là le mot.

C'est ici que mon raisonnement devient serré :

Si les sonneurs boivent, c'est qu'ils ont de l'argent pour boire.

Qui donne aux sonneurs de l'argent pour boire ?

La fabrique.

Cela suffit. Je conclus, sans plus tarder, qu'avec mon impôt sur les cloches, les fabriques, au nom du trésor privé et de la morale publique, payeraient inévitablement leurs sonneurs moins cher, ce qui forcerait les sus-nommés à moins boire.

Ce qu'il fallait démontrer.

———

Et, maintenant, résumons-nous brièvement.

En publiant ces quelques pages quel est mon but ? — Attacher, comme on dit vulgairement, le grelot à une idée qui, je ne l'ignore, ne pourra jamais faire son chemin qu'à pas de tortue.

Elle aura manifestement contre elle l'esprit de routine et les intérêts de boutique.

Mais, comme toute idée juste, je ne doute point qu'avec le temps — aux Calendes Grecques, si vous voulez, — elle ne soit, si non mise en pratique, du moins reconnue praticable.

J'ai constaté, et, en cela, malheureusement, je n'ai rien appris à personne, que nous avions des dettes; d'où il découle qu'il nous faut débourser; que n'ayant pas d'argent il s'en fallait procurer; que l'impôt était une des formes les plus usitées pour arriver à ce résultat; qu'en fait d'impôts il fallait choisir les plus justes et, comme conclusion, qu'en parcourant la liste des impôts actuels, j'avais remarqué l'absence d'une imposition qui à mon avis ne manquerait pas d'être efficace.

Je ne demande pas que l'on me classe au rang de nos illustrations économiques, et les fabriciens rageurs peuvent s'éviter la peine de décharger sur moi les canons de l'Eglise.

. . . . car je n'ai mérité
Ni cet excès d'honneur ni cette indignité.

EPILOGUE

Ayant fait un préambule, je suis forcé paraît-il, de faire un épilogue.

Voilà, pourtant, ce à quoi me condamne cette bonne logique de Port-Royal que je me plaisais tant à invoquer tout à l'heure.

On verrait plutôt :

Un vers de M. de Lorgeril ne marchant que sur dix-sept pieds ;

Une phrase de M. Anisson-Duperron présentant aux plus clairvoyant des adeptes de la seconde vue quelque scrupule d'apparence de sens commun politique ;

Un mandataire ignorant voter pour l'instruction obligatoire ;

Un fonctionnaire républicain sous une république ;

Un prêtre du diocèse de Genève obéir aux lois de son pays ;

En vérité, je vous le dis, on verrait plutôt ces me
veilles qu'un livre agrémenté d'un préambule res
déshérité d'un épilogue.

Si j'avais prévu cela !

Enfin...

Nous allons donc épiloguer.

Qui n'entend qu'une cloche n'entend qu'un son.

Cet adage est à l'adresse des gens trop crédules, q
sur l'assertion intéressée d'hommes de mauvaise foi,
manqueront pas de me traiter de révolutionnaire....
simple vu du titre de la brochure.

Avant de se faire une opinion, je les prierai donc
me lire.

Ce conseil se trouvant à la dernière page j'ai que
ques chances qu'il ait été suivi.

Après tout, M. Thiers a bien été qualifié de : ma
vais génie de la France.

Il n'a dit mot ;

Et quelques jours après le traité de libération
pondait.

à • • • • • • • • • • • •

Ce précédent me consolera de tous mes déboires,

Et si magna licet componere parvis.

Lecteur, au plaisir de vous revoir.

APPENDICE

Le petit peuple et la canaille, écrivait l'abbé Thiers vers le milieu du siècle dernier, dans son *Traité de la Superstition* (t. II, chap. xii, p. 160, — Paris, 1741), accourent en foule, de toutes parts, à l'église, non pour prier, mais pour sonner.... Car il faut remarquer en passant que les gens les plus grossiers sont ceux qui aiment davantage les cloches et le son des cloches. Les Grecs, qui sont des peuples fort polis avaient peu de cloches avant qu'ils aient été réduits sous la domination ottomane, et ils n'en ont presque point aujourd'hui, étant obligés de se servir de fer ou de bois pour assembler les fidèles dans les églises. Les Italiens, qui se piquent de spiritualité et de délicatesse, ont aussi peu de cloches; encore ne sont-elles pas fort grosses. Les Allemands et les Flamands, au contraire, en ont de grosses et en grand nombre : cela vient de leur

peu de politesse. Les Païens, les gens de basse condition, les enfants, les fous,. les sourds et muets, aiment
beaucoup à les sonner ou à les entendre sonner. Les
personnes spirituelles n'ont pas de penchant pour cela.
Le son des cloches les importune, les incommode, leur
fait mal à la tête, les étourdit.

Viollet-le-Duc, *Dictionnaire raisonné de l'Architecture* (art.
CLOCHE, t. III, p. 20).

YVETOT. — TYP. G. MICHEL.